オタモイ海岸

神原良
Ryo Kanbara

コールサック社

オタモイ海岸——目次

Ⅰ　オタモイ海岸

オタモイ海岸　8

Ⅱ　北の運河——幻想的現実あるいは現実的幻想——

北海道共和国のさびれた街を　28
恋歌　30
小熊座流星群の降る街　32
小樽運河　34
眠る道化　40
再会　42
春立の海で別れて　44
コスモスの恋　46
木古内に雨が降る　48
小樽運河　ＰＡＲＴ２　50

自壊する生　56
僕の縊死体　58
夕暮れの街　60

Ⅲ　マニフェスト・孤独

マニフェスト・孤独　64
十七歳のソネット　68
美少年　70
追憶　76
風葬の街　78
夜のソネット　80
死と笑い　82
孤独・2　88
セーレン　90

Ⅳ　七千年の風
エイプリルフールの雨　94
蜃気楼の街　96
二月十日　98
夢の地平　104
風の時間　108
ケルトの丘　110

跋文　孤高の詩精神が語る愛の極北、生死の飛翔の物語
佐相憲一　114

プロフィール　127

オタモイ海岸

神原良

I

オタモイ海岸

オタモイ海岸

オタモイに　君は　還（かえ）ってきた

〈君が　愛したもの

〈愛した者たち

晩（おそ）い夏の昼下がり　北国のふいの盛夏　半日　灼熱の小樽の街を歩き回った

〈君と出会ったあの街とは　少しも似ていない　晩い夏の小樽

辿り着いたのは　北の外れ　オタモイ海岸
見慣れない救援車と　青いレスキュー隊員が　忙しなく駆けずり回り

転落者？
問うことも出来ず　ただ　立ち尽くす

〈あの日の自失した私のように

あの日　君はこう書いてきた「私かあなたの　どちらかが先にか
たちが崩れてしまう前に……」
が　僕は疾うに気づいていた　自分のかたちが　既に　跡形もなく
崩れ去っていることに

いま　北の海辺に立ち　打ち寄せる地球の波に耳傾けるのは君でな
く　僕

〈君は　もういない

十五年前の冬の都会で　何が起きたか　或いは起きなかったか　語るのは今しかない　そう　たぶん　今しか

＊　＊　＊　＊　＊

マリア・カテドラルのオルガンの音が
聴きたくて
君と　目白へ行った

ひどく寒くて

ダッフルコートの右のポケットに
握った君の小さな手

一種の〈罪〉の意識に駆られ
聖堂の周りを
ぐるぐるとまわり
寒くて
とうとう中へ入れず
冷たくて
君の指先まで凍え

僕たちの恋は　もう終わりなんだ　と
こうなってしまっては
もう　終わりなんだ　と
くり返し　くり返し語り続け

君は笑わず
笑った僕は途中で凍り………

雪ガ降ッテキタ

都会には珍しい十一月の雪
君の　瞳(め)と肩と髪に　僕の
ポケットの中の〈君の〉凍えた指に——

＊　＊　＊　＊　＊

「瞬　いかがお過ごしですか?　私は今寒い部屋のほこりの積もった机の上でこの手紙を書いています。毎日何をしているかというと、大島弓子の漫画を読んだり、本を読んだり、大抵の時間はぼんやりしています。午後じゅう誰も居ない家の中の火の付いていない暖炉の前に座って、日の暮れるまで考えごとをしています。」

出会いはむしろ平凡だった　売れない詩人と夢見がちな少女　一時代前の少女漫画の中でしか　お目にかかることもできないステレオ・タイプ

「どれくらいの時間あなたのことを考えないでいられるかというマゾヒスティックな遊びを考えていて、以来、一度もそれに成功した試しはありません。」

「あなたは毎日何をしているのですか？　返事が来ないせいもあり、現実のあなたは私の中で次第にかたちが崩れていきます」

「私は午後じゅう床に座ってあなたを解体して組み立てなおしては色んなあなたをつくり、飽かずに壊してはつくりなおしています。」

〈まるで　恋する少女のような手紙

生まれながらの　君は　偽装者だった　充分承知した上で僕は受け
容れたのだ　君の偽装を

が　いつしか　僕は　巻き込まれていった

〈愛という衣をまとった近道の迷路

そう　近道の迷路に

君の偽りの言葉を　僕は　果てしなく受け容れ続けた　が　それは
果てしなく発せられ続け　いつのまに　僕は　踏み惑った

〈愛という衣をまとった近道の迷路

＊　＊　＊　＊　＊

あの夏　ヨーロッパは雨が降っていた　いや　正確には　雨は　その
前年から降り続いていたのだ　その証拠に　君はこう書いてきた

オスロは　雨

ほとんど失語症的な断片のみで構成された君の手紙の中で　そこだ
けはっきりと

〈オスロは　雨

オスロは　たぶん雨が降り続いていたのだ　幾日も　いや幾週間も
降り続く雨の中で　君は再生を試みていた　そして　君は告げて
きた

イツカ　モウ一度　語レルカモ知レナイ　モシカスルト………

〈ここから　永い物語が始まる

例えば波止場に打ち上げられた　花と見紛うばかりの華やかな死体
　藍と純白と緑　それに　黒と銀

意外にも明るいファドの旋律　或いは長命したセリーヌのように
　君の孤独はある種の謎でしかなく

都市の中枢にある余りにも異質な廃屋　その片隅に遺棄された物（ディンク）
　拾われることを　拒み
〈精神の更なる飛翔を夢み
〈夢を　ゆめみ

＊　＊　＊　＊　＊

私を取り巻く淡い蒼紫の霧のようなもの
白い建物の壁に当たる柔らかな陽ざし

誰もいないアスファルトの路

人の座らない温もりのある石のベンチ

「あなたの詩を読むと　私は　白い壁に囲まれた　大きな日当たりの良い部屋と　その床に座っている男女を思い浮かべます。窓からは光が差し込んで　光の道筋のところだけ細かなほこりの粒子が浮いているのが見え　男女は口をきくこともなく同じ一つのことを考えています。」

「そして時間は止まり続け　光は差し込み　静寂は続き　なぜか暖かでもあるのに肌寒いのです。それはある意味において　非常に幸福に似た見かけでもあるのです。」

〈あの頃　雪が降っていた

毎日　毎日　雪が降っていた
比喩としてなら　極めて陳腐なものだが
文字通り　毎日　雪が降っていた

＊　＊　＊　＊　＊

午後六時
なお人声が絶えない
人々は
こんな絶海の
北の涯まで
何を求めてやってくるのか?
失った

何を求めて――

日没近く　なお灼熱する太陽に背中を向けて　僕は歩く　失った君の歩行を求めて

〈影の道　草の記憶　遠ざかる君の足音

長い影が　僕の前方を歩く　それでも届かなかったのか　君には君の悲しみには

君の果てしない言葉の戯れ　あの当時　僕にはそう思えた　君のあの輝かしい言語的才能以外の物は　僕には全て余剰でしかなかった

自己の　文字どおりの自滅を押し戻すので手いっぱいだった僕には

君の苦闘は遊戯に見えた

＊　＊　＊　＊　＊

一種の明るいゲームとして　精神のシャム双子を演じ続け　幾夜さか飽かず語り続けた　その　一種の　明るい　ゲームについて

例えば　遠く光の当たった　冷たく佇む建物の慕わしさについて　或いは　イーノの『鏡面界』について

＊　＊　＊　＊　＊

それぞれの孤独を求めながら　崖の道を　絶え間なく行き交う人々
互いに「片割れ」と気づかないまま　崖の道で譲り合う十五年前の
　恋人たち

影を拾い　立ち止まり　思いつくままを記す
君の生涯と　それに付随する僕の人生について

＊　＊　＊　＊　＊

崖の道で僕はふたたび踏み惑った　ふいに濃密な霧がかかり　デク
　レッシェンドの幻聴が聴こえた――

「クノップフの『見すてられた町』その沈黙　その生命感のない明
　るさは　あなたの『悲し日』を思い起こさせます」
「ジョルジュ・ルブランの『ストーブの上のコーヒー沸かし』」

〈無人の沈黙

「モンタルド『天国の庭』………決して存在し得ない　対極に位置
　する楽園のようなもの」
「ヌンク『夜の効果』『旅の夢』………『運河』――その沈黙」
「『アンドレイ・ルブリョフ』の一シーンにあったように　知識が増
　すほど悲しみも増す」
「あなたは冷たいほどにひとりで　そのことに私は痛みを覚えます」
「Ｙｏｋｏ　Ｏｎｏの『サマンサの死』」
「Ｙｏｋｏ　Ｏｎｏの『Ｓｈｉｒａｎａｋａｔｔａ』」

＊＊＊＊＊

札幌の街を歩いていて　偶然のように
君に出会えたら　と思う
時は戻り　もう一度
僕らは笑い合うだろう

少なくとも　君は笑う
「少し太ったわね」　たぶん　そう言う
腕を組んだりしない　なぜなら
僕らは《手をつなぐ》から

あの頃　その動作は
きっと僕らには似合っていた
そして　たぶん　今でも

死者はいつまでも若く　君は若い
君は手をつなぐ　誰と？
永遠の並木路を　誰と？　歩く………

＊　＊　＊　＊　＊

静かに崖を滑り落ちていく感覚　影のように寄り添う不吉
トラルファマドール星人の書物のように
十代で　全てを見通した君の生涯

オスロは　雨
雨に濡れ　濡れそぼつ雨の中で書いた手紙
恰も　それが希望のように　不意に語られる
《レイキャビク》の文字

Ⅱ　北の運河

――幻想的現実あるいは現実的幻想――

北海道共和国のさびれた街を

北海道共和国のさびれた街を
幾つか拾いながら　歩いていく
幻想のこの街では　君はまだ生きていて
路地ごとに　一瞬の影　を残す

夏なのに　風花が舞うその路地の奥で
いまは猫の姿で　君は笑う
幽明境を異にして　なお
君を追い　君をおもう僕の迷妄

室蘭港の夕映え　死ではなく生を
投身ではなく　新たな生への投企を
あの日　僕たちは夢見ていた

その夢の果てを今　僕は歩く
北海道共和国のさびれた街を
幾つか拾いながら　歩いていく

恋歌

幾世紀もの時の彼方から
君に会いに　君のいるこの街を訪ねてきた
雨が降り　川沿いに花火が上がっていた
それは少しも変わらない　変わったのは君だ

君は僕の眼を見た　まるで通り過ぎるように
まるで群衆の中の一つの影であるかのように
僕の眼をまともに見て　通り過ぎた
君のうなじ　君の後ろ姿　去っていく君の足音

ひたひたと波打ち寄せる生の汀
死は常態であり　生は一瞬の光芒
僕にとっての君　死の中での束の間の生　束の間の愛

そう　愛——　かつて常に過去形で語られた　愛
今はむしろ　幾世紀の時空の彼方から　叫ぶ
君への愛　君を愛した僕の存在　運命への愛（アモール・ファティ）！

小熊座流星群の降る街

満天に　小熊座の流星群が
降り注いだ夜
風の未明
星灯りの中で　僕らは出会い

駅から　支線の駅へと
まっすぐと続く銀杏葉の路を
とおく　連れ立って歩いた
言葉はなく

夜が明け　始発が走る
なぜ　僕は止めなかったのか
冬へ向かう　君の列車を

いつか　常冬（とこふゆ）の街で
僕らはまた出会い
また　ひと駅を連れ立って歩く

小樽運河

「たぶん　生は死のいっそう悲しい一里塚なのだ」

小樽で
君と出会うとは思ってもみなかった
冥(くら)い運河
ナトリウムの明かり
さびれた家並みと深い路地
僕たちが出会ったあの街とは少しも似ていない
晩(おそ)い夏の小樽

レイキャビクから届いた
君の突然の訃報
《岩豹》と渾名(あだな)された君　女だてらに
鋼鉄の爪を持つと噂された君の
あっけない　生からの剥離
その直後
届いた　青いバンダナ

忘レテイタ
スッカリ　忘レテイタ　ソシテ
十五年ガ経ッタ

場違いな登山靴を履いた僕
（まるで　夢見のように）

黄色いナトリウムの明かりを　辿る
影が深い
いつか　連れ立って歩いている
君は言う
「生は死…」と
あの頃と寸分違わない口調
息が　僕の耳元にかかる

水音
夜目にも白い水鳥
一瞬　大きく胸を膨らませ
波の間に沈む

僕が生きてきた十五年　僕が
君なしで生きてきたその歳月

それならば　君はいったいどこにいたのか?
どこから?
君は　僕の前に現れ
今　ひたひたと僕の傍らを歩く
変わらない　昔と　少しも
ただ　違うのは　笑わなくなった
軽やかな　あの
短笛（ピッコロ）の
笑い

僕は　愛した
殆（ほとん）ど愛した
ソノ百倍モ愛シテイルワ——反論を許さない　君の
決まり文句

が　今にして思うのだが
愛とは……
それが喪失への怖れだとしたら　僕は
あんなにも深く　君を　愛した！

《利尻・礼文方面荷扱所》
離島へと物資を送る集荷場に　今
君の影は入っていく
実体のある僕は　そこで立ち止まる
が　本当にそうだろうか
愛ニ実体ガナク　そして
愛ノミガ生ノ果実　だとしたら……

が　夙に僕は理解していた

《訣れ》だ　——風が吹き始めた
遠く　黎明を告げる霧笛

静かだ
生の終わりは　たぶん　こんなにも静かだ

眠る道化

眠る道化の絵を見た
札幌の街の外れで
風花の散る街の奥で　いつか
幻想の猫を見かけたように

幾重にも覚めぬ
入れ子細工の夢見
すべては君の喪失にかかわり
眼の裏に降り積もる雪にかかわる

夏なのに　雪が降る
比喩ではなく　僕の眼と心に
眠る道化と僕の覚醒の間に
どれだけの差異があるのだろう

いつしか降りしきる雪の中で
猫と道化が一体化する

再会

君に出会う
まるで予告された死
のように　時を超えて
君は　笑う

まるで幼女の唇
前世紀に出会った時と少しも変わっていない
あの頃　僕も若く　ともに笑った
が　今は　こんなにも老いて

突然の夏の驟雨に降りこめられて
駆け込んだ青いバール
君を見出した驚き

ヴァンパイア　一瞬　その言葉が浮かぶ
が　違う　君は変わらず　時も流れず
ただ　僕だけが　こんなにも老いて

春立の海で別れて

北の　早い秋が訪れ
海辺は　もう人影も見えない
空を飛びすさる　無声の鳥たち
立ち尽くす　君の残影

愛を語らず
こんなにも深く寄り添いながら
互いに　一切の愛を語らず
ただ　指先を握りしめて

立ち去ったのは　君
晩夏のやさしい憂いの中で
手をすり抜けたのは　君の指先

言葉は　語られることもなく　消え
悔いもなく　季節はうつろい
足もとの砂は　波に崩れて

コスモスの恋

秋深く　見はるかす北の大地に
どこまでも続くコスモスの群落
その薄桃の闇の中で　僕らは
あの日　互いを見失ってしまった

風が吹いていた　一瞬　強く
忘れていた　この胸の痛み
十年　夢は薄桃の影にひたされ
さらに幾年　苦しい夢見の果てに

記憶はふいに覚醒する　あの丘の上で
風に佇つ　コスモスの花の精のように
しなやかに　よみがえる君の姿

ああ　忘れていた　ひとつ前の世では
丘の向こう　あの水辺のあたり　僕らは
ふたり　しずかに暮らしていた

木古内に雨が降る

錆びたトタン屋根を載せた立方体
家と呼ぶには　昏い事物
雨が　ひたすらに只降り続く雨が
その棟の外と　内を濡らす

雨に濡れ　立ち尽くす後影
窓からのぞく　青い獣
しのびやかに部屋中を歩きまわり
記憶の闇に　つと立ち止まる

その闇の果てで　時は止まり
一瞬の笑みがよみがえる
天狗山で見せた　あの遠い微笑

あの日　運河を濡らした雨が
今は木古内で　僕を濡らす
駆け去っていく　一瞬の　青い後影

小樽運河　ＰＡＲＴ２

運河に
重く垂れ込めた雲が映り
汚れた雪が道端のあちこちに集積するこの暗い町に
おまえは帰って来た　窶(やつ)れた鳥の姿で

人通りの絶えた日銀前通り
道の向こうの　閉鎖したＰ美術館の辺(あた)り
転々と　鳥の足跡を残して
おまえは　運河への道を辿っていく

時は未明
終夜営業のコンビニエンス・ストアさえ
明かりを落とす凍ての中を
ふしぎな確かさで　おまえは進む

その先にあるのは　運河
大正の頃　果てのない長さを誇ったこの運河も
今では僅かな暗渠に過ぎない
実質を失った只の暗渠

そびえ立つ夜の倉庫群
雪に汚れ　膨大な時の経過に荒み
なお佇立（ちょりつ）する　黒いオブジェ
運河を　澄明な明かりが包む

＊

アセチレン・ガスの匂いが
ふいに　鼻先を掠める
過去(かつて)の　祝祭の日の記憶のように
ひとつの悲しみが　甦ってくる

「レイキャビク……」
おまえは　告げてよこした
その生涯の外れの日に
辿り着いた　最後の町の名として

北方で　おまえは何を夢見たのか
ファクサ湾の　暗い水に

その短かった生涯の
おまえは　何を映したのか

高緯度地方に特有の　白くおもい霧がかかり
ヒースさえ疎らな　その原野を
誰と　おまえは歩いたのか
生涯の外れの　《火祭りの夜》に——

＊

霧が晴れ
夜も　いつか明けようとしている
意味を失った　遠い霧笛
恰（あたか）も　すべては成就されたかのように

窶れた鳥が　建物の裏へ回っていく
死者たちの　ふしぎな活気に満ちた白壁の倉庫
離島へと
幻想の船が　立ち去っていく

＊

夜が明ける
鳥の影が飛び立つ
おまえの魂が　いま　どこに在ろうと
それについて　二度と　語ることは　無い

自壊する生

雨に濡れ　花火を見る　その撞着
それが土砂降りの雨なら　尚更
「S川の花火はテレビで見るべきものね」—君は言う
僕は雨にうがたれ　返事をする気にもなれない

精神が雨にうがたれていく　回復は不能だ
幻聴はまだ始まっていない（幻聴はまだ）
然し　いる筈のない君が　前方を歩いていく
土砂降りの雨を　気にもせずに　歩く

雨が　君のうなじを伝わる　胸に流れ
指先に流れ　地面に滴る
その上を　僕の歩行がたどる

十五年の時を隔て　この街を君が歩き　僕がたどる
あの日も雨だった　そして　今は土砂降り
精神が　壊れていく　雨に濡れそぼち

僕の縊死体

ひと夏　雨が　降り続いた
街は裏返り　夜しか僕に見せなくなった
すべては過去形で　時は経過していく
僕の縊死体は　まだ街の外れにある

カラスの哄笑を聴く　雨の中で
こんなにも静かに　カラスの哄笑を聴く
時が壊れた　いや　ほんとうは精神（こころ）が

君のこころが　なぜ壊れないのか　不思議だ

壊れた僕が歩く　びっしょりと雨に濡れ
不壊（ふえ）の心を持つ君は笑う　まるでカラスだ！
不壊の心を持つ君は　聖母（マドンナ）

ひと夏　降り続く雨の中で　僕は　君と出会った
街は昏く　夕暮れは君の指先のように　青い
もう　何も語らずに　唯　街角に立ち尽くす僕の縊死体

夕暮れの街

夕暮れ　疲れた街の地下軌道の中で
斃死（へいし）する犀の悲しみ
女は　何も知らず
窓で　編み物をしている

海
海のような遠い響き
今日も地下軌道に乗って　犀は確実に帰ってくる
女とサモワールが待つ　この仄暗い部屋

鐘が鳴る　街いっぱいに夕暮れのSを奏で
ふいに　不安が兆す
女は窓を開け
夕風を入れる

燭台に蠟のしたたり
橋の向こうを群衆が流れ
斃死した犀の死骸を乗せて
地下軌道はぐるぐると廻り続ける

Ⅲ　マニフェスト・孤独

マニフェスト・孤独

ひとりに飽きたら
漫画を読もう
オオシマ・ユミコなんて最高
死が　光ってる

これは少女の遺書ではなく
僕は　男
職業は　テロリスト
二人　殺した

本当は三人　だったけれど
最初に殺したのは父　だったので
彼は　赦(ゆる)してくれると思う
彼だけは　きっと

切り捨て　切り捨て　ここまで来た
ごらん　僕のいまの左手
指が五本しかない
以前は六本　あったのだけれど

目覚めた朝
世界は　畸形だった　…いや
世界ではなく　僕が　畸形だった
（世界ハ少シモ畸形デハナカッタ）

女というやさしい性器を持つ鳥の種族と
この十年　僕は　暮らしてきた
ある時は　軽やかな狂気を装い
ある時は　装う必要もなく

三月の窓――
爽やかな雨が降りつけ
降下する鳩を　僕は
受け止める何の手立ても知らない

救済
と　唯それだけ書いたら
涙があふれて
もう　何も　書けない

降り続く　雨
降下する　鳩
現在（いま）　おまえは　こんなにもひとりで
雨の舗道に　落下していくのか⁉

十七歳のソネット

十七の頃
北の街で
少年は一年間下宿をした
幾月かを過ごしたのち

彼は　気が違ったのだ
という噂が
街の人々の間に　広まった
それは　遠く都会まで伝わり

驚いた母は　迎えに飛んできた
が　少年は何でもなかった
少年は　ただ淋しかったのだ

少年は　よく嘘をついた
それはほんとうは夢　なのだが
人々は知らないで　それを憎んだ

美少年

惨めにも雪の上で転んで、少年は美しかった。「僕は美しい、ピーターよりも…　プラトンだって僕を愛する」とつぶやきながら、少年はそれでも自分がちっとも美しくないことをほんとうは知っているのだ。実際、少年は醜かった。ソクラテスのように。痩せた背中で冬の陽ざしが、薄い日だまりをつくっている。少年はそれから、慣れない煙草を吸いながら――いや、これも嘘だ。胸にひとつの病気を持ちながら、彼はもう千本も吸っている――「そんなことはどうだっていいに決まっているさ。誰だって樹のように永く生きるわけじゃない…」ふらふらと鳥の足取りで、少年は舗道の隅を滑る。

幾つかの車輪の影が危なげにそばをすり抜けていく。少年は溶けだした雪の溜りに、煙草をぽいと投げ捨てる。決まっている、煙草はいつも苦いのだ。ふいに降りてしまったこの見知らない停車場の風景に、そろそろ後悔が混ざりはじめる（それは彼の滞りがちな足取りに現われている）。今頃はIという街の駅近くのコンサート・ホールで、ひとりの少女と会っている筈ではなかったか。I――それは少年が、生徒としてその一日を暮らしている、古い校舎のある街だった。果たされなかった約束の重みが、少女に貸す筈だったノートの入っている鞄の中で、急に鈍く輝きを増す。少年はつぶやく。「なべては偽りだと誰かが話していたっけ…やがて朝が来て、そして又夜が来る。――それさえもが偽りだと」これは少年の頃、彼が作った詩の一節だった。つまり、少年はもう少年ではなかった。十九歳だった。彼の通っている学校というのは、そういう訳で大学なのだ。

――このようにして、謎は次々に解けはじめる。然し、少年のこころの中は誰にもまだ謎のままだ。

＊

さっきから少年はずっと長い間、雪の中にしゃがみこんでいる。その証拠には、彼の胸までがぐっしょりと濡れそぼっている。涙なんてそれは嘘だ。とうの昔、少年のこころの湖は凍てついて氷河になってしまった。彼はよく冷たいとひとからはののしられた。

——もう膝までもぐっしょりと濡れているのに、少年はまだしゃがみこんでいる。今度こそほんとうに気が違ってしまったのか。そうじゃない。理屈っぽい顔をして、寒そうに膝まで立てている。少年は自分がどれだけ孤独に耐えられるか試しているのだ。「淋しいのは僕だけじゃない。…海の向こうには、昔死んだ人達の墓がある。」

ほんとうは少年は人達を愛していたのだ。それは見知らない人達だった。彼を知っている人々は皆彼を憎んだ。少年は醜かったのだ。少年の家は貧しかった。彼の母は手内職にいつも編み物をしていた。

〔ヨーロッパの片隅のポーランドという国の小説―居間で編み物をしていた伯母が、ふいに台所の棚の上に駆け上がり、紙の燃え屑のような物になってしまう〕その物語を読んでから、少年は幾晩も同じ夢を見続けた。もし、あの伯母が僕の母だったら…、それは悲しいおののきだった。

……生真面目に自分を試しながら、少年が思い出していたのはこんなことだ。それにしてももう夜だ。少年の存在はそろそろ通行のじゃまになりだした。もう流れない工場の煙を見つめて、少年はつと立ち上がる。「又あした来よう」――少年はそう言い残して、その街の風景に背中を向ける。尖った影が道にもつれる。が、それは、人の影と混ざり合って、その醜さを消してしまう。少年の顔にはこころなしか安堵の色が浮かんでいる。

＊

あくる日、そのあらたな決心は果たされたか？

答——否。それはまだその日のうちの出来事だ。少年は電車に轢かれた。この文章のように唐突に、それは突然彼を襲った。彼は風邪をひいて（というより、それは明らかに肺炎だった）それでも自分の住んでいる街——Ｓに辿り着いて、この災難にあったのだ。轢かれたと言っても死んだ訳ではなく、けれど路面は血だらけになった。人達が大声で彼に駆け寄り、その時少年がどんなに不意に美しかったか、そんなことを詳しく書いている場合じゃない。家には老いた母がいるのだ。遠くに騒がしく人達の駆けていく声を聞いて、母はなぜか胸騒ぎがした。内職の手袋の指をいつのまにか六本にしながら、老いた母は、息子の遅い帰りを待っているのだ。こんなにも母の愛している少年は、かたじけなくも身を投げたのか。ありそうなことだがそれは違う。

早く帰って少年は母に——子供の頃——父について悲しい思いをさせたことを詫びようと思った。それからあつい熱のある耳に、海のような、母のやさしい息遣いを聞きたいと思った。もう遅い。路上の血は冷たく流れたまま固まった。人々は所在なくそれぞれのいとなみへと去って行き、遠ざかってゆく救急車のサイレンは、安らいだ子供達の眠りまでを、故知らぬ不安な夢見で浸す。

追憶

白いカルテに「追憶」と記す
窓々に　別れを告げる
風が渡り
晩禱の　しずかな声が

壁いっぱいに描かれ
た荒野を
野馬の歩みで
拡(ひろ)がっていく

リネン室のうすら灯りに
消すことの出来ない
書き跡（チョーク）が浮かび

階段を　すべり降りていく患者の列
《中庭の噴水に　黄鳩が群れ
　子どもの患者が　身を投げる

風葬の街

都市の地底からオカリナが聴こえる
愛という幻想に取り憑かれて　街裏を徘徊する女達
喫茶室のビーカーの隅で
風葬のかすかな風音が響く

街路の外れに白ずんだ湖
高速道路へと　明るく衰落する青の中で
オルガンを踏み続ける妹の影
その　死者だけに許された固有の姿勢

雨が　ふいに　雨が　沛然（はいぜん）と街路を打ち始める
傘を持たない女達が　次々と変色して街路に溶ける
「バルビタールを一滴！」　溶けながら一人の女が叫ぶ
都市の地底からオカリナが聴こえる
「救済…」と　意味もなくつぶやきながら
鈍色に変色した妹を背負い　並木路をどこまでも歩き続ける

夜のソネット

植物が　夜　存在を開示するとしたら
僕たちの眠りは　どんなにか危ういものだろう
脅かされ　僕たちは笑う
鏡の前で　深夜　笑い顔をつくる

死は　常態であり
生はその畸形の変容に過ぎない
こんなにも深く　恥辱に充ち
僕たちは　なお　生を　渡り歩いた

邂逅という幻影を追い　ひと夏
橋上に　立ち尽くしたこともある
雨が　二ヶ月　降り続いた夏

誰も　この世で出会うことはない
なぜなら　他者もまた変容するから
夜と　植物の変容のように

死と笑い

私は　煙草を吸った事が　ある
私は　煙草を吸った事が　ない
私　という主体が幻想である以上
どちらも真実で　ほんとうは嘘だ

こんな簡明なエセ論理を
無垢に信じられた　あの頃が懐かしい
ほとんど　懐かしい
なぜ　死ななかったのか

もう　決して　死について語らない　と
周りと自分とに宣言して
それ以来
僕は　毎日　語り続けた　死を

人は　正常では死ねない
それでは　私が正常だったかというと
僕は　恥かしくて笑ってしまう
ナゼ　死ナナカッタノカ

シルヴィアがガス・オーブンに首を突っ込んだ朝
僕は　半ズボンで詩を書いていた
詩と死が　別の言葉だとは知らず
それほどに　生に深く取り込まれて

路傍に
倒れ伏す事が出来たら
至上の幸せ
もう二度と　倦む事もない

憧れた　幾億年の命も
一瞬の光芒に　色あせ
少女が　剝き出しのどくろで歩き回る
僕は　笑ったりしない

個の死を死ぬという事が
そんなにも　重要な事だとは
知らなかった
僕たち　イーストの人間にとっては

恥とは
死に対する拘泥に向けられた言葉で
愛とは
道端のむくろに　萌えいづる春の花の事だ

さあ　指を切ろう　訣れの朝だ
もう　死んでしまっているおまえと
これ以上　付き合っている暇は　僕にはない
あの朝

死者だけに許された固有の姿勢で
おまえは　アスファルトに同化していた
おまえを殺したのは僕の理性だ　と言ったら
死んだ口が　シニカルに笑っていたっけ

忘れられない
兎を射つ事が　子供の頃　僕の日課だった
弱い心を直すために　僕は
毎日　兎を殺し続けた

血液嗜好症（ヘマトフィリア）　と人は私を呼んだ
ありがとう　僕を名付けてくれて
このイーストの地に
僕は　何の名前もなく生まれたのだ

無名性を信ぜよ！　というのか
無名の生を　生き
無名の死を　死ね　と
何の　希（ねが）いもなく

死は　生のようなものだ　という
僕たちの甘やかな希いを
せせら笑う神がいるとしたら
その非情さを　僕は信じよう

僕たちは生き
笑いながら　道に倒れ
灰となり　一握の炭素となり　そして
笑いながら　宙に　飛び散る

孤独・2

午前一時の孤独な嘔吐
血は　残念ながら　血は一滴も混ざってはいない
唯　極度の精神（こころ）の飢餓が
僕の胃袋を昏倒させた

何も食べず　眠りもしない
それで　立って歩いているのが不思議なくらいだと
時々　自分でもそう思う
煙草とコーヒー　時として　パン

女友だち　無数　男の友人　ゼロないし一人
彼らの前で　鼻つまみを演じるのにもう疲れたので
精神病院に　早く帰りたい

リネン室の薄ら灯り　二ヶ月間の完全な黙秘
「夕べまで　あんなに元気だったのに」と
今朝死んだ患者のうわさ話

セーレン

秋
並木路に　ひとりの
老いた青年が　昏倒する
何の　不思議もない　それは

幾十年も前に
予感されていた事で　むしろ
遅すぎたくらいだ
論理は

限りなく　飛翔する　が
時のように　いつしか　循環する
空間に　鏄入らせて　飛び立った鳥も
いつしか　その鏄に　吸い込まれていく

父(ファーテル)　という
やさしい響きを持つ言葉も　時として
審判(さばき)の相貌を　帯び
対峙する　重い　雲のように

老いた青年の肩に　のしかかった刻(とき)
幾千の苦い目覚めの涯てに　死という
逃亡　を望んだとしても
彼は　責めたりはしない

Ⅳ　七千年の風

エイプリルフールの雨

「どこまでが嘘か　もう分からない」　君は言う
「分かるさ」　僕もそうやって生きてきたから
老いたジゴロと少し年のいった妖精として　僕達は出会った
この青い星の　選ばれた青い時間の中で

君は［藍］だと言う　いいさ　それならば僕は［瑠璃］だ
いずれにしろ　この星では暮れなずむ地平の色だ
千年の昔　あの西域の流砂の国で
ふたり　さまよった夜の色だ

「雨…」と君は言う　「嘘だろ」と僕
イイエ　ソウジャナクテ　心を濡らす何かが欲しい
ソンナコトジャナクテ　ただ　雨が欲しい

幻影の雨が降る星の運河を　いつか連れ立って歩く
そんな夢を見た　夢の中でさらに千年が経ち
僕達はまた出会う　また愛を語る

蜃気楼の街

かわたれの
無音の街
誰もいない街路で
君と　出会う

とおく　草笛を吹く少女として
君は僕の前に現れ
いつか　寄り添って歩く
影を並べて

陽が昇り　一日中歩く
街の果てに
海がひろがり
巨大な没陽が　僕らを蔽う

蜃気楼…　言ったきり君は口を噤む
あれから　もう　千年が過ぎた

二月十日

二月十日。
東京国際マラソンの午後。
風の日曜日。
君　もしくは　君の痕跡を求めて
半日　四谷坂町をさまよい歩いた——

文字通り　坂の多い坂の町を
路地から路地へ
現在（いま）の愛人（アミ）とふたり
どちらが盲導犬で　どちらが盲人なのか

かなり　決めかねるところだけれど
とにかく
（発意は僕で　強制がY＝アミ）
標的が　君である事は間違いない

月明の夜
反転不能の路地の中途
車を降りて　立ち去った君の後ろ姿に
二年の歳月とひとりの女が重なり
妙にぼやけ
白茶けた印象だけ　感覚として残り
記憶ではない　その感覚だけ唯一の頼りとして
坂町に一本の路地を求め…

宇宙天界・偶然のひとつとして

君ときっかりひと月誕生の違う（同い年の）Y
あの冬　君の出現とともに　忽然と姿を消した風の種族Yが
今　また　忽然と現われて　君の捜索を強要する
（まったく　事実は小説より奇なり）
銀座マリオンで〈メトロポリス〉を見る＝予定
抹消
理由―こっちの方が面白そうじゃない
と　君が聞いたら湯気を吹きそうな　その理由だけ妙に気に入り
前夜　前々夜の不眠ものともせず　と
それは気持ちで
足と心臓はもうガタガタ
あの丘の上で　迎賓館　夕映え　ソフィアの学生見降ろしながら
君に見せびらかしたあのニトログリセリン
右のポケットに　しっかりと握りしめ
汗ばんで
コインランドリーの隅に　ある筈のない公衆電話見つけ出し

交番・ワセダ学生課の知人・マンションの管理人
片はしからＴＥＬかけじゃくるＹに
自己の役割　見失い
何とか　君を　架空の存在に押しこめて
三日ぶりの惰眠むさぼろうと　画策するが
無論　相手にされず

アナタノ子供ニ会イタイ
アナタガ愛シタモノ　スベテニ会イタイ

という理由で発動されたこの強権の前で
そんな理由は少しも信じちゃいないのだが
（なにしろ　女には　苦渋ばかりの永い人生だったから）
生れて初めて　木偶（でく）のように　手を垂れ
アブラ汗を流す

おまえは　既に　前提条件において間違えているよ　Y
僕は　別にS（＝君）を愛しちゃいなかった
それは　君にしても全く同断であり　だから言っても構わないのだ
が
僕らには　全く別種の〈了解〉というものがあったのだ

〈〈愛〉という事なら　フジヤのペコちゃんに誰よりも肖ているY
　おまえをこそ　僕は　愛している。〉

その〈了解〉に関して　ひとつだけ明確に言える事は
これは　極めて特殊なリウマチの痛みであり
それについて　僕と語り得た人間は
この三十年間で　君ひとりだという　殆ど宇宙的な厳然たる事実
それこそが　今日の捜索の隠された真の動機であり
そして　いったん発動された以上　この捜索は
君の生死の最終的確認まで　必ず続けられていくだろう

結論は早い
（君は　Ｙの諜報力をバカにしちゃいけない。）
そして　もし　君が生きていれば
僕は　ホッとして　立ち去るだろう
が　もし（約束通り）死んでいるとしたら
これは　ヤバイ
君の残した膨大な書簡のひとつひとつが　僕にとっては聖書になり
大嫌いなケイトやルネッサンスが　グレゴリオ聖歌になってしまう
そして　僕は——
街に出て　自慢するだろう

オレは　ひとりの女を殺した
指一本触れず　言葉だけで
オレは　自分自身を殺しちまった

（泣キ顔デ　ヒドク　笑イナガラ）

夢の地平

僕が　作図した夢の図法で
君の未来　を透視して見る
鳥が見える　飛ぶ影が見える
鳥が見えない　その影も　やがて　見えない

ふたたび
夢と鳩
都市から立ち去った多量の　鳩
幻影に　まみれる鳩

九月に入り　二ヶ月も降り続く雨
革命の巷
黒と純白と銀　その他の者は皆　殺した
雨も　殺した

記憶は――
ふいに宣言する
私はミロシュではなく　ジャック・プレベールですらなく
神では無論なく　テロリストの愛ですらない

指を切る　誓約の意図ではなく
指を切る　蒼白の血が流れる
血液に対する君の嗜好を
蒼白のそれが　裏切る

急速に　時間が倒壊する
死者たちの遅い夢見のように　影もなく
何の脈絡もなしに
時が　壊れる

再(ま)た　愛
神は　最後の機会を　その方法(メソッド)に賭けたという
裏返しのシニスム
疾駆するテロ

白い　黒雲母の世界
例えば
余が白を黒だと言えばその白は黒なのだとネロが言ったとする
それは　明白な誤謬　　だが

同じ事を　もし　神
或いは　僕が言えば
世界は　漆黒の闇の中へ崩落する
音も立てず

風の時間

微かな　肺の痛みに
復（ま）た　繰り返す　秋の
悲しみに消た　単音（モノトーン）の
雨音。

ピアノを弾く
一瞬
の指のもつれに
ひび割れた室内の大気の磁器。

生存という
極めて危うい均衡の中で
急速に　摩耗する
風の予感。

ふいに
時間（とき）が乱れ
かつて存在した者たちの
蒼白の息吹がよみがえる時――

父が
語らうように　父が
鍵盤の
隅に　立ち現われる――

ケルトの丘

死滅都市（ネクロポリス）に
ケルト十字架が　一本
七千年前に　君がたたずんだあの丘
風が　古代の地平を　吹いた

幾たびか　出会いと別れを繰りかえして
また　この世紀の初頭に　君と出会う
ファー・イーストの森の中で
かすかに　君の呼び声を　聴く

一瞬　眼を交わし　これで充分だ
夏の驟雨　こんなにも冷たい八月の雨に
君と僕　ふたり　濡れそぼって…

いま　君はようやく思い出している
七千年前　君が立ち尽くした
あの丘を吹き過ぎた　風なんだ　僕は

跋文

跋　神原良詩集『オタモイ海岸』

孤高の詩精神が語る愛の極北、生死の飛翔の物語

佐相　憲一

アムール川から海への水が流氷となってダイナミックに動き出す頃、詩人・神原良から招待状が届いた。オタモイ海岸への心の船旅である。〈物語へようこそ。〉詩人に笑顔はなく、無言のまま淡々と、北の回想劇場へと誘うのだった。それは孤高の精神が自らの心の秘密を明かすような、苦い愛の物語を濃厚に含んでいた。

危険だ。ぼくの直感がそう叫んだ。オホーツク海の鉛色よりも濃い何かが流れていた。釧路でもないのに霧がかかっていて、稚内でもないのに間宮海峡以北の未知の民族の血がざわめいているようだった。危険というのはすなわち、魅惑的だ、このままでは人魚の歌声を聴いて行方不明となる北欧の漁師のように引きずりこまれる、という直感だった。

日常市民生活を営んでいるこちら側と、生死の境を越えたあちら側。あちら側を感得できる者は散文的なこの世界でしばしば狂っているとみなされるが、古今東西の本物の芸術家はだいたいが狂っていた。彼もまた、あちら側に通じる深海をずんずんと泳いできたのである。

竜宮城はそこになく、あったのは、オタモイ海岸沿岸の、〈心〉と呼ばれる深淵だ。彼はそこで見たものを詩に託した。危険とわかりながら、ぼくがこの案内状に〈諾〉と返事したのは、畏れに満ちた魅力をもつ、鮮烈な〈詩〉があったからだった。

しかし、詩人はさらにこう言ったのである。〈佐相憲一自身の北の青春紀行を巻末に入れてくれ。〉ここは神原良の作品世界が展開された深淵である。別人物であるぼくの物語を書いたりしたら深淵を穢してしまうだろうし、神原良の詩のファンから投石されもするだろう。この詩集が傑作として後の世にのこるとしたら、巻末のもうひとつの物語は何なのか、共同著者でもあるまいし、と後世の読者に首をひねられるだけであろう。

そう伝えると、驚くべきことに超然とひと言、〈いや。書け。〉
よって、ぼくはここに告白する。かつて生きる暗闇にひとり北海道を放浪していたぼく自身の体験。小樽方面で神威岬などを放浪した日々。稚内近くの抜海で吹雪の日に邂逅した野生ゴマフアザラシのこと。石狩湾の市民温泉施設に入りながら夕日に人生の無常を感じたこと。旭川の公園で戦前の詩人たちの詩碑に生きる勇気をもらったこと。大雪山でシマリスと出会い、カムイの地球自然思想に涙があふれてきたこと。更級源蔵、小熊秀雄、今野大力、河邨文一郎らの北方詩世界、アイヌユーカラ。小説では水上勉『飢餓海峡』、三浦綾子『氷点』。
もうこれぐらいでいいだろう。こんなぼくは確かに、この詩集と〈縁〉が深い。この告白も『オタモイ海岸』の巨大な魔窟に吸い込まれたのだ。
オタモイ海岸。神原良の詩世界。現実か幻か。いや、現実であり、幻だ。この船旅には越境という言葉さえ必要のない、北方魔術の航路が見える。

オタモイ海岸という地名は実在する。少し前の観光案内によると、〈オタモイ海岸は、小樽市の北西部にあり、高島岬から塩谷湾までの約10㎞に及ぶ海岸線の一部で、付近には赤岩山（371ｍ）など標高200ｍ前後の急峻な崖と奇岩が連なっている。一帯は昭和38年ニセコ積丹小樽海岸国定公園に指定され、祝津・赤岩海岸とともに雄大な景観を誇り、訪れる人々を魅了している。かつて、この景勝地に大リゾート基地が存在した。昭和初期、隆盛を誇った割烹「蛇の目」（花園1）の店主加藤秋太郎は小樽には見所がないという知人の言葉に奮起し、名所探勝の日々にあけくれる。そして、ついに、古来白蛇の谷と呼ばれたこの地を探し当て、昭和11年「夢の里オタモイ遊園地」を完成させた。その規模は当代一を誇り、ブランコ、すべり台、相撲場等の遊園施設のほか、竜宮閣や弁天食堂といった宴会場や食堂を設けた。特に京都の清水寺を凌ぐといわれた竜宮閣は、切り立った岩と紺壁の海に囲まれ、まるで竜宮城のお伽の世界のようだったという。最盛期には一日数千人の人々で賑わったこの施設も戦争が始まると贅沢とみなされ客足が遠のき、戦後、これからという昭和27年5月営業再開を目前に控えながら焼失した。現在、遊園地の跡を偲ばせるものは断崖の上に残った竜宮閣の礎石と遊歩道トンネルの部分だけである。また、オタモイには神威岬（積丹半島）が女人禁制の頃の悲恋にまつわる子授け地蔵尊の伝説があり、今でも多くの人々に信仰されている。〉

〈平成18年3月の土砂崩れにより、オタモイ地蔵尊までの遊歩道は、現在も引き続き立入禁止にしています。駐車場までは行くことができますが、遊歩道では、今もなお落石が多数確認され、大変危険です。絶対に立ち入らないようにしてください。オタモイ海岸をご覧になりたい方は、小樽海上観光船をご利用ください。〉　（小樽市観光案内より）

立ち入り禁止。竜宮城のようだった昔の行楽地のにぎわい。いまはさびれて何もなし。いや、奇岩絶壁の荒波海岸がいよいよ幽玄のたたずまいを見せているから、諸行無常の響きはさらに、あの世とこの世の通路としての、〈詩〉の領域を深めてくれるようだ。そのような、オタモイ海岸。神原良が好む場所である。だが、神原良は右記のオタモイ海岸伝説の失踪経営者やこの地の社会的出来事とは何の関係もない。だからこそ、オタモイ海岸は、詩という極めて精神的な創造世界の舞台となって、心の真実の象徴となったのだ。心の真実。本物の詩とはそれ以外の何ものでもないだろう。この詩集は、さまざまな詩世界を構築してきた作者が、魂の深層にある北方性を前面に出して展開した作品群の集大成である。

小樽、オスロ、レイキャビク、四谷坂町。北半球の北の方で展開する、恐ろしく苦く、哀切かつ甘美な〈物語〉は、南半球の人びとにも共感されるだろうか。もちろんであろう。なぜなら、この北方的な〈物語〉は、精神的な危機が著しい現代世界で孤独を抱える無数の魂たちに、それぞれの痛切な記憶を呼び覚まし、失われていったものの数々を心深く甦らせてくれるだろうから。そういう意味で、これはきわめて個人的な〈痛み〉の物語でありながら、きわめて普遍的な人間の〈痛み〉への通路をもった、魅力的な詩集と言えるだろう。もしも文学が、人と人の失われた関係性を凝視することをやめるなら、無慈悲に死へと向かう現代的な高速時間の中で、人の内側は破壊されて空っぽになってしまうだろう。傷だらけの物語であったとしても、そうだからこそ、他者から発せられたその物語に、自分自身の何かを深く考えるきっかけとなった読者は、癒やしに似た何かを受け取ることができるのだ。

神原良は青春期を北海道で暮らしていた。それはおそらく、転々とした彼の人生における、もっとも重要な内面形成のときだったたであろう。一九五〇年生まれの彼が高校生の頃、世の中は騒然としていた。戦後の空気がまだ濃厚で、激動の世界情勢のもとで新しい時代の胎動を若者たちが体現し、むさぼるように文化を吸収し刺激し合い、そして貧しい中に生と死を思いつめた顔が並んでいただろう。そんな時代の北の地には同時に別の顔もあって、厳しく広大な自然環境の中で日々暮らすことによる、荒波をのみこむような精神は、多感な青年を決定的に内側から方向づけたに違いない。神原良のかつての詩集に二回、名文を寄せている大久保眞澄氏によると、十代にして神原良の文学才能は異彩を放っていたという。異端の印を背負った存在。それは北海道の自然風土に感化された神童の必然だったのかもしれない。何冊ものすぐれた詩集を経て、いま詩人は精神的故郷に帰ってきたのだった。哀切なこの〈物語〉をもって。

詩集から一篇、全文を引用しよう。

北海道共和国のさびれた街を

北海道共和国のさびれた街を
幾つか拾いながら　歩いていく
幻想のこの街では　君はまだ生きていて
路地ごとに　一瞬の影　を残す
夏なのに　風花が舞うその路地の奥で
いまは猫の姿で　君は笑う

幽明境を異にして　なお
君を追い　君をおもう僕の迷妄

室蘭港の夕映え　死ではなく生を
投身ではなく　新たな生への投企を
あの日　僕たちは夢見ていた

その夢の果てを今　僕は歩く
北海道共和国のさびれた街を
幾つか拾いながら　歩いていく

死を繰り返しながら、生がうたい、その生の中に死が濃厚な、この世界。詩人が哀惜する時代の記憶。人の記憶。輪廻転生というよりはもっと詩的な領域の実在感覚だ。この詩集のいたるところに死が息づいている。謎の女性、謎の友。想像は読者それぞれにお任せするが、終わってしまった関係、すでに変わっていってしまったもの、失われたもの、そうしたものの〈死〉は比喩として読んで構わないだろう。影だけが濃厚な登場人物との関係が〈死んだ〉という時、本当に死んだのか、それとも別の人生としてどこかにいまも生きているのか、どちらに解釈しても構わないだろう。おそらくその両方のケースがあるのだろう。特に、この詩集に巨大な影を刻んでいる女性にいたっては、オスロで何かが起き、レイキャビクで何かが起き、小樽で幻が見え、そうした断片情報をそのままつなげてして推理するよりは、事実と、作者の心の真実が深いところの〈詩〉として交錯したフィクションの〈物語〉として受け取った方がリアリティが生きるであろう。神原良の詩における生と死は、そうした深い精神世界で繰り返される。詩集には、断言としての作者自身の死すら書かれた作品もある。彼自身もまた、書くことで、更新されていく無常のもののひとつなのである。日々レクイエム、そしてレクイエムのさらに向こう側へ、他者と自己の終わることのない対話へとつながっていく。

Ⅰ章の力作長詩「オタモイ海岸」、Ⅱ章「北の運河―幻想的現実あるいは現実的幻想―」十三篇、Ⅲ章「マニフェスト・孤独」九篇、Ⅳ章「七千年の風」六篇。時空を超えたところまでひろがるこの劇的な構成の全体に、北方の情景を織り交ぜながら、回想の恋文を重ねながら、濃密な人生の神話と普遍精神が展開されていく。

オタモイ海岸という象徴。はかなく苦い物語はそこで実存の扉をもうひとつ開けて、心の遍在へとつながっている。しまいには遠くケルトの丘まで呼び寄せて、時間もかつての青春の時から現在を経て千年、万年と引き寄せられる。命と命が交信する物語は、こうして精神の世界性の中で個別化を確認しながら、人間一般のかなしみの物語へとつながっているのだ。この文学性とこの語り。かなしみや孤独が物語の中に浄化される。痛切な自己批評をみせる詩人は、懐疑的なようでいて深いところで純粋なものを響かせている。ストイックに語る回想は、残酷な現実の力とその中で必死につながり続けようとする人間の真情を読み手に感じさせて、独特の詩情を醸し出している。ここには、生死を見つめ続ける、マンダラのような境地が感じられよう。すべては死んだようでいて死んでいないのだと、断崖の北の海岸を歩く詩人がつぶやいているようだ。その語りは、この詩集全体がイメージ豊かな手紙であるような味わいを出している。それはとてもかなしい手紙であるが、とても親しい手紙でもあろう。

人はかなしみを背負っている。だが、巷の日常生活は立ちどまることを許さず、心強くと言い聞かせながら必死にいまできることをするしかない。そんな中で、北方の物語が展開するこの詩集を読むと、深いところに何かがしみて、幻想的な恋愛映画の名作を観た時のように、内側に海風を感じる。死と生を見つめた精神の時空は広大だ。

屈折したもの、繊細なもの、抒情的なもの、人が抱えるそうした見えないものがページから羽ばたいている。夜の海岸の星明かりに舞う鳥たちのように、かなしみの翼をもちながら、流されずに実存の淵を飛び、回想の彼方にある命の時空のひろがりを旋回していくのだ。

プロフィール

神原良　Kanbara Ryo

〈発行詩集〉

『アンモナイトの眼』（1982年／装画：内田峨／書肆山田）
『彼——死と希望』（1983年／書肆山田）
『迷宮図法』（1992年／装画：内田峨／書肆山田）
『小樽運河』（2000年／装画：高橋富士夫／書肆山田）
『オスロは雨』（2013年／装画：内田峨／書肆山田）
『X（イクス）』（2014年／装画：内田峨／書肆山田）
『ある兄妹へのレクイエム』（2015年／装画：味戸ケイコ／コールサック社）
『オタモイ海岸』（2016年／装画：味戸ケイコ／コールサック社）

〈公演活動〉

1997年　風とラビリンス第7回公演　シアターグリーン
2001年　風迷宮　詩の朗読会
毎年、詩と音楽の夕べ コンサートを開催している

〈連絡先〉

〒351-0022　埼玉県朝霞市東弁財2-1-18
http://homepage2.nifty.com/SEPARPATIA/　　otamoi7944@docomo.ne.jp

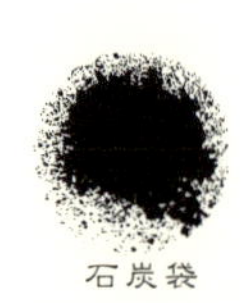

神原良詩集『オタモイ海岸』

2016年4月9日初版発行
著　者　　神原　良
編　集　　佐相憲一
発行者　　鈴木比佐雄

発行所　株式会社 コールサック社
〒173-0004　東京都板橋区板橋 2-63-4-209

電話 03-5944-3258　FAX 03-5944-3238
suzuki@coal-sack.com　http://www.coal-sack.com
郵便振替　00180-4-741802
印刷管理　（株）コールサック社　製作部

＊装画　味戸ケイコ　　＊装丁　奥川はるみ

落丁本・乱丁本はお取り替えいたします。
ISBN978-4-86435-243-7　C1092　￥2000E